LOCUS

LOCUS

LOCUS

LOCUS

catch

catch your eyes；catch your heart；catch your mind……

後院有兩棵蘋果樹

喻麗清 著

薛慧瑩 繪

角落

代序

喻麗清

朋友們都問我：怎麼文章愈寫愈少了？我總揀一個最簡便的答案回答：太忙了。心情不對了。

其實我覺得自己彷彿是有意自人群中躲開。退到一個小小的角落裡，這樣就可以靜觀任何的黃昏或早晨。退到一個小小的角落裡，可以學到任一切自然地來、自然地去。

我高興這樣地躲著，藏身在自己的花裡、自己的孩子群裡、自己的家裡。

我的角落那麼小，卻又那麼無限——竟收斂了我許多年少時的炫耀，包容了我因任性或不能任性而招來的痛苦。

不必粉飾。不必敷衍。不再爭著要當主角。

世上既沒有廉價的成功，偉人所嘗的辛酸，自然也不是凡人所堪忍受。

我們年輕時候的夢想開始顯得多餘。

一切的夢，到醒時不都使人覺著荒謬嗎？

上帝，隨祢意吧！

人生，哪裡能預先知道整個兒會成什麼樣子？不過是如同在田野間漫步順手採的野花一樣，東一朵、西一朵，終於紮成了一束，最後也總是扔掉了事。

我高興有這麼一個角落。可以躲著，敲那靜觀的鐘。

目次

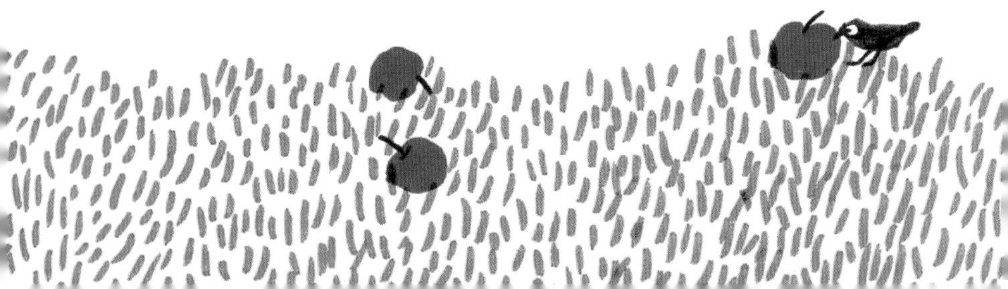

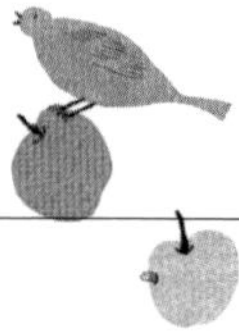

後院有兩棵蘋果樹

後院有兩棵蘋果樹。一棵是紅蘋果，一棵是青蘋果。

因為不是我親手種的，我也不大愛惜。蟲也吃、鳥也吃，剩下的我們才吃。

有時候站在樹下，仰頭就可以看見蘋果裡有蟲子正把一小堆一小堆黑褐色的排泄物，由果上的小洞往外推。我想，牠們正在裡面忙著生活呢，也就不去打擾。

有時候，我順手摘上幾個帶進屋裡。隔了一夜，偶爾也會看見一條軟蟲由蘋果裡爬出來探頭探腦，傻愣的樣子很惹人發笑。

小鳥們時常飛來樹上小駐。我想牠們不是看中我的蘋果，是看中那蘋果上的小蟲。

每天樹底下總要落著些蘋果，有些是鳥啄掉的、有些是蟲吃爛的，還有些是高枝上摘不著的熟透了跌下來。

我們的蘋果，非等削了皮剖了心，才能知道可否一吃。彷彿經了蟲嚙鳥啄的考驗，倒成了許地山筆下「落花生」一般的果實——「是有用的，不是偉大、好看的東西」。

當然，我也可以給樹施點肥、噴點殺蟲劑什麼的。可是我想，蘋果在我既是可有可無的東西，我又何苦做了伺候它的奴隸。

終我們一生，被一些由於貪得招惹來的麻煩役使著而不自知的時候，難道還不夠多嗎？因此遲遲不曾動手。

伊甸園的蘋果樹上有蛇，我的蘋果樹上有許多快樂的食客。

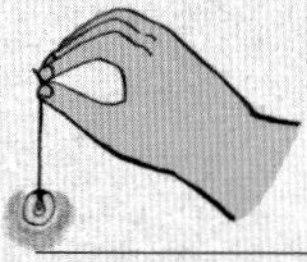

禮物

下著雨，我出去給你買生日禮物。

細細的雨絲飄在我透明的傘上。流光似幻，轉瞬間你就要十歲了。何必老得這樣快呢？我跟你說笑。

你自己倒還嫌不夠快呢！雖然你還打不定主意，長大了要做什麼。

做什麼好呢？

去糕餅店當師傅：天天給蛋糕打扮裝點，日日帶著滿身的甜香回家。

去電視台播報新聞：能做無冕女王，皇后都不要當啦。

去當小學老師：生氣的時候可以叫學生罰寫一百遍「對不起」；高興起來請大家吃冰淇淋。

當作家也好：靈感不來的時候，就是去撿破爛，心中也自覺是崇高的。

當畫家也不錯：背著畫架，到處旅行，人家都說你在追尋……

反正是長大了就好。我已經夢過了我的繁華夢，該你了。

我輕轉著傘把，不敢為你設想太轟轟烈烈的前程。人生有萬千種滋味，豪華寂寞，各自有致，能言傳者幾希？

是誰傳下母親這一行
黃昏裡掛起一盞燈

我在雨中燈影裡為你祈福：願你將來嘗到的愛比我的美；你的快樂比我的甜；你的智慧比我的圓熟……

如果，如果還有來生，我想我是不願意更換性別的。因為我還是，很喜歡——

做你們的母親。

童年有一棵樹

每個人的童年似乎都該有棵樹，最好是棵果樹。

我小時候，家裡院子有棵桑樹，所以養過蠶。可是，蠶寶寶的身子太軟，動起來一拱一拱，很使我不舒服。也因此，對那棵桑樹並無特殊好感。

有一天父親下班回來，看到幾個鄰居孩子爬到牆上摘桑葉要餵蠶。父親說：「這太危險了，萬一從牆頭摔下來，不是好玩的。」請人砍掉了。

直到後來，風水之說大行其道，我才聽說：家裡不可以種桑樹，因為「桑」與「喪」諧音。

我心裡喜歡的樹，是後來搬到南投，院子裡的木瓜樹。木瓜樹沒有高不可攀的架式，果實也不藏在葉子裡，是一種大方可親的樹。

尤其，它身幹直直、頭髮大披著，我常跟朋友說：「我越看它越像個唱熱門音樂的歌手。」

只有一點不好，不能讓人坐在樹枝椏躲迷藏。

果樹對童年有很大影響，但可遇不可求。果實是一種希冀、一種盼望，引頸等待果實的成熟，有無限的趣味。

童年只期望快快長大。長大以後，童年的樹活在記憶裡、活在理想主義的夢境裡，可求但不一定可遇。

最近，讀香港作家何福仁散文集《再生樹》，邂逅了一棵「羽樹」：

據波赫士 Borges 說：恰士托頓夢見過這樣一棵樹——它吞食自己枝上的鳥巢，春天來時，樹上長出來的不是樹葉，而是羽毛。

這棵童話似的羽樹，讓我一見著迷，相知恨晚。

雪人怎麼不見了

我從來不曉得，堆個雪人原來這麼不容易。

別人教我：先堆個小雪球，然後在雪地裡滾來滾去滾成一團大球，就是雪人胖胖的身體。

事實是，雪不如想像中那樣，隨手抓起一把就可捏成一團；它像砂像沒加水的糖，粉粉的很難對付。這完全出乎我意料。

女兒成天嚷著：給它編條圍巾。給它織頂帽子。給它留根胡蘿蔔當鼻子。但是雪人始終沒有堆成。

或者應當說堆成了，但並沒有體面到可以裝扮起來。孩子們一下子便不再理會它了。

那個袖珍的、幾乎沒有曲線，只在我眼中成為雪人的雪人，動也不動站在前院。像誰家大門口趴在地上看孩子玩的小狗一樣，安安靜靜端詳著鄰居的孩子打雪仗。

不時有幾團雪球飛來，打中它的臉。孩子們樂得雪上亂滾。

雪人要是不見了，對孩子來說，一點也不影響他們的快樂似的。

當然，沒有人希望雪人會是永久。

有句名言說：生命對那些用感覺去體會的人是個悲劇，對那些用理智的人則是喜劇。

我時常想，不知道孩子的快樂是由於不加思索，還是不懂用情？

或者，大人的不快樂便是由於看不起孩子那點微小的快樂吧！也許不應該說「看不起」，而是羨慕但已然知道不會成為永久的那種感情。

後現代野菜奇幻之旅

那一次回台灣參加弟弟的婚禮，朋友帶我去木柵的觀光茶園吃野菜。離上回去只相隔一年，茶園一路上多出許多清雅的小館。以前只是喝茶賣茶，如今變成吃美食、眺望山下燈海的浪漫景點。

我去的茶館開在山邊，桌椅全是竹子做成，碩大的窗戶開向台北市景，屋簷低到窗邊。好像我坐的是間草棚，立在山巔。

夜幕中，城市輝煌的燈光如不滅的煙火，遠遠陪襯在天邊。近處的老松還看得出斜傾的姿態。

我們選了些「奇怪的菜」——茶葉炒蛋、地瓜葉、川七葉，還有我最愛的炒米粉和紅菜，我喜歡叫它「紅葉」。其他野菜都叫「葉」，為什麼獨獨叫它「菜」？

朋友說，現在流行吃素，植物開始遭殃。小時候餵豬餵鵝的地瓜葉、A菜，如今是健康食物。吃起來像樹皮草根似的「牛蒡」，是日本料理店熱門的美食。

從前上不了餐桌的野菜，現在成了佳餚；從前的竹椅木凳，現在是搶手的骨董，這算不算「後現代」？只是「後現代」之後呢？

菜很清爽，茶可當酒，連茶具也非常可愛。我從海邊來，偏愛山裡流連，下山的小公車錯過一班又一班。

最後不得不打電話給等門的舅舅說：「我會搭最後一班車下山。」

舅舅很著急：「這時辰搭計程車不安全，千萬別錯過公車了。」

其實，我想告訴他，上山時，計程車司機還跟我說：

「這麼黑的山路，我還不常開呢。前幾天，有個小姐也是要上來，我一

路提心吊膽，真害怕。」

我大笑：「人家都叫我小心計程車司機，原來也有計程車司機怕乘客的。」

在紐約住過的人，到哪裡都覺得安全。

信不信由你，最後我是搭便車下山來的。茶館老闆的舊時鄰居來訪，走時問要不要載我們一程。我覺得好似時光倒流，回到了農業時代。

也許，好人到處有，但善行容易忘；壞事不常發生，但總是叫你牢記著。要是調換過來，世界該多麼美多麼好。

「你的籃子這麼小……」

很久不過美國的鬼節（萬聖節）了。

從前住的地方孩子很少，我家兩個女兒小學一畢業，她們的學校就關門大吉。

那時候還跟女兒打趣：「怎麼你們這麼厲害，把校長、老師都嚇得不敢再收學生啦。」

後來才知道，那附近住的都是些退休老人。

如今搬到加州，近處就有個兒童遊樂園，想來孩子不會太少。所以，鬼節不敢怠慢，南瓜、糖果準備妥當。早晚還祈禱，希望那天別下雨。

忍不住想起女兒小時候，提個小南瓜糖罐子，穿件鬼服沿門要糖去的舊時光。

要完糖回來，姊妹倆把罐裡的糖倒了一地，坐地毯上她們不厭其煩數來數去。一會兒你多、一會兒我多，比來比去看誰討來的糖多。

時光確實不能倒流，但在別人的孩子身上，我們也可以重溫舊情。我很喜歡小小孩，剛上幼稚園的最好。

果然來的都是些小小孩，有牛仔、有新娘，蜘蛛蝙蝠超人全來了。

後來來了個畫著貓臉的小女孩。她先在我的竹籃子裡，拿了兩塊巧克力，想了想又放回去。

我問她：「你要棒棒糖嗎？」

她很認真地對我說：「你的籃子這麼小，我想我不該拿。」

說實話，我真有點兒感動。這麼個小不點兒，有這麼體諒人的大胸襟。

我抓了一大把糖就往她的提袋裡放，說：「別擔心籃子小，我屋裡的糖還多著呢。」

我每想起那個貓臉小女孩的童言，就覺得這個世界還是挺可愛的。

報上天天都是大惡在傳播著，我只想在我的小方塊裡種點小小善念。

真捨不得呀，還有那麼多可愛的孩子就近在左鄰右舍啊。

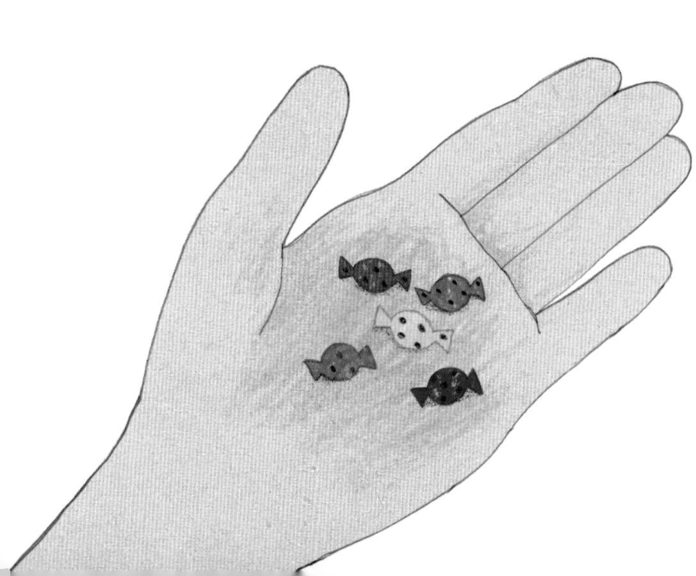

寵物是風箏

風箏是我的寵物。我時常帶它去附近大學的校園放牧。用了三年的彩虹塑膠風箏，身上有貼補的痕跡，尾巴也少了幾條；可是，它年年依舊是興高采烈地飛上天去。

風箏在高空張望我們，我們在草地上張望著它。它替我們飛，我們替它提心吊膽。我們年年做這樣子的交換。

風箏放上去容易，收回來難。

放得順手的時候，只覺得手上的線軸愈來愈小，並不真知道它飛出去了多遠。

等要收回來，不是線打了結，便是風箏掉到眼睛看不見的地平線上去，有時也會不幸掛到一棵很遠很遠的樹上。

放風箏可以享受到一點任性的快樂。任性，當然只能偶一為之。

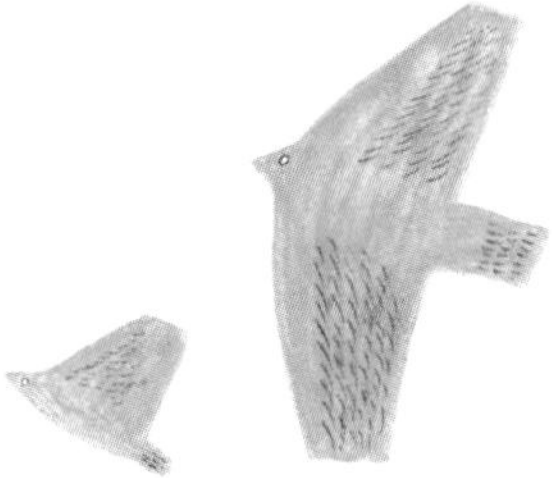

所以一年只有一次春天才好，風箏不是天天能放才可愛。

有時想到拴在線上的風箏有點可憐。它像鳥，但畢竟不是鳥。

只不過，斷了線的風箏最後要飛到哪兒去？那是它真正想要的自由嗎？

人生如果少去那許多羈絆牽掛，不知道會成什麼樣子？

海雅午餐

舊金山海雅大飯店 **Hyatt Regency** 號稱世上最豪華漂亮的旅館。與其說那兒供給的是房間，不如說它供給的是氣派。

然而，那裡的旅人行色匆匆，有閒情逸致享受的人其實不多。

今年我的「生日驚喜」是在那兒的午餐桌上過的。

午餐後，我們仔仔細細看了走廊上的每一件雕塑、每一張畫。我們慢慢品味、指指點點。

旅館內潺潺小溪流過那些白色石子的聲音我們也聽到了；明淨如鏡的室內水池我們也喜歡過了；就連那些由十幾樓高的陽台上垂掛著直下底樓來的植物，我們也招呼過了。

那些有錢人並不比我們富有。因為我們坐在安靜的角落裡，看那些搬進搬出的行李箱子的心情他們沒有，而且沒法買到。

比起富人，我們有快樂。比起窮人，我們有雅興。比起病人，我們有健康。比起不幸，我們很知足了。

我的「海雅午餐」最後變成了這樣一種神祕混合的心情——淡淡的帶點兒甜的安詳和充滿了憐愛的同情，也說不上是對人的或是對這世界的。

我想，慈愛和慷慨，必是我們內心最終、最浪漫的要求吧！

太陽底下，天天有新事

在談鳥的書上看到一張照片，是一隻兀鷹站在枯幹上，仰著頭、大張著翅膀。

我以為這是牠要起飛翱翔的那一剎那拍的。讀了內容，才知道不對。原來是兀鷹的翅膀被濃霧浸潮了，太陽一出來，牠便張起雙翅來曬乾。

我只知道太陽底下曬書、曬米、曬床單和衣服，這倒是頭一次知道：還可以曬翅膀。

他天天上下班要經過一座湖。

這天，他看見湖裡多了一對天鵝。

接下來他注意到兩隻天鵝變成九隻：七隻小鵝乖乖跟在兩隻大鵝後面，安詳地游著。

他還是天天經過那湖，忍不住天天要數一數。

一天，只數到六，他著急起來。他停下車，到湖邊探望。

原來那隻最小偏憐的爬上了媽媽的鵝背。

他笑了。

我覺得這個世界上真有太多的新鮮事。

書裡書外，太陽底下，即便「天天」也是一件新事。只要用心看，就都是發亮的。

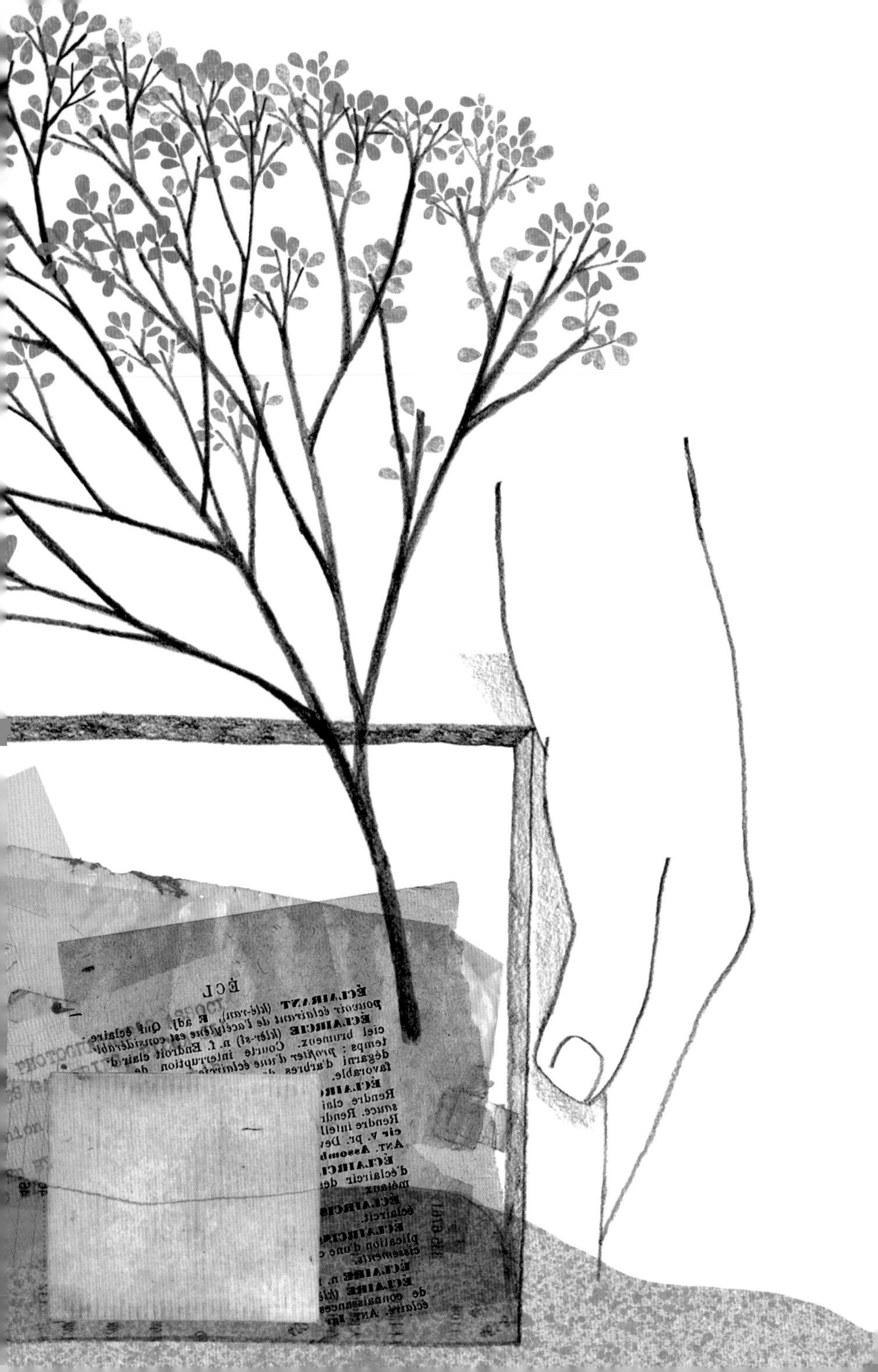

還魂紙

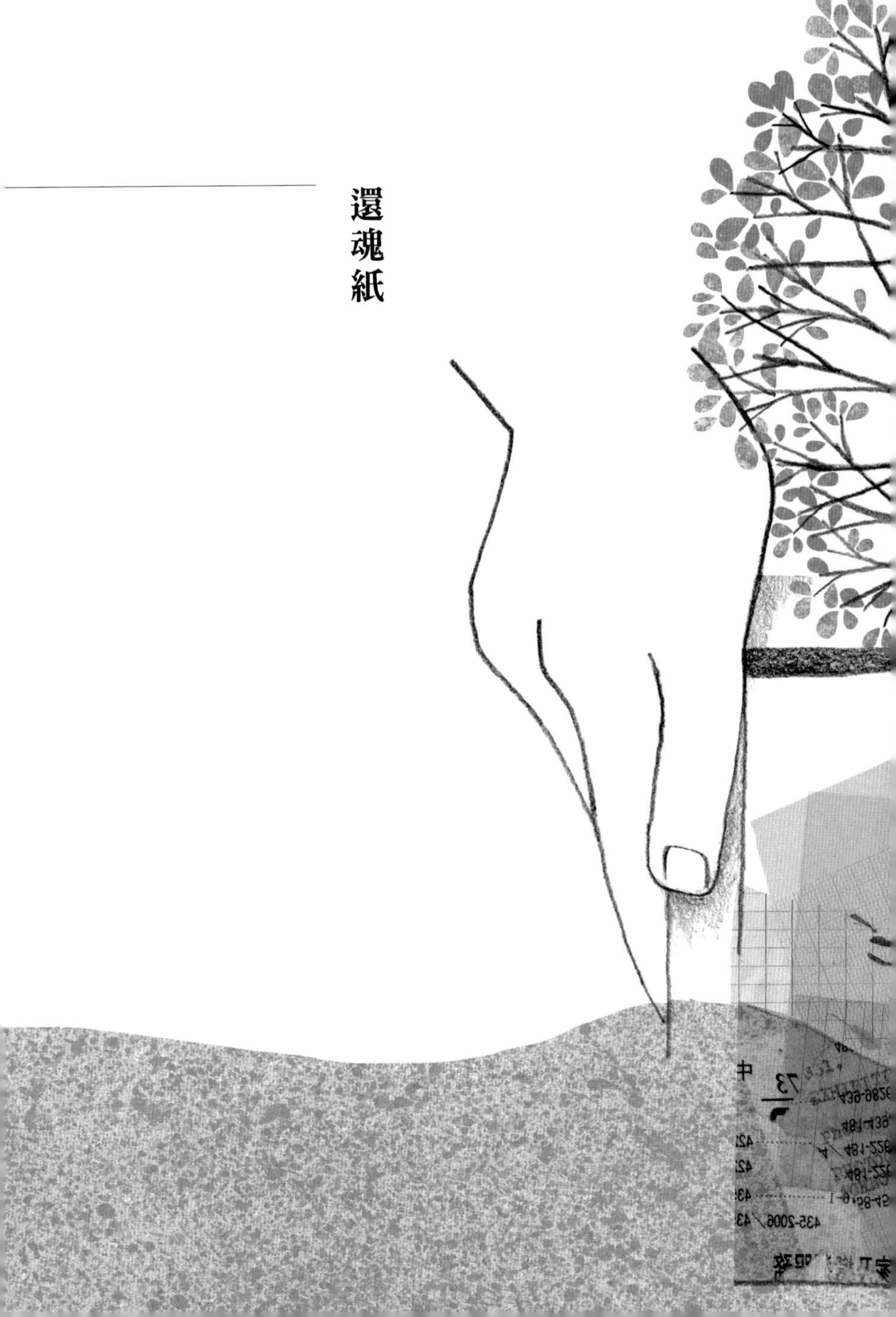

小女兒寄來幾張灰中透藍的紙，說是給我畫畫用的。

我看那些紙，非常特別。紙質厚又輕，纖維歷歷，上頭還有幾點楓葉的碎片，很有藝術感。

打電話去問她哪兒來的。沒想到，她說：「我自己做的呀！」

我才知道，紙也是可以自己在家裡做的。

她教我把不要的信紙、信封，剪小泡軟放進果汁機打爛，再倒進鐵絲網或可把水瀝乾的模子裡，等乾透就好了。

有時揀幾片枯葉乾花壓上，更美了。

古書上讀過，古人取樹皮草根做紙。南唐李後主特製的澄心堂紙用麻做料，女詩人薛濤採集葵花入紙。

如今想來，這些歷史掌故好像離我們都不是太遠。「再生」的意義這樣一看，倒有點兒像是復古。

尋根究底，明代科學家宋應星的《天工開物》，就提過再生紙做法：

> 廢紙洗去朱墨污穢，浸爛入槽再造，全省從前煮浸之力，依然成紙……

名曰還魂紙。

正好拯救森林、保護地球，我想閒來無事，自己動手做紙，一定別有情趣。

只可惜，寫字寫信寫詩，這年頭都式微了，做紙又有何用？

好友從遠地來訪，送我一副耳環——是兩個精巧的粽子串成，輕盈可愛。她說：是女兒自己做的。

我驚訝地發現——那粽子也是紙摺成的（難怪非常輕），再繪圖上漆，完全看不出來是紙。

也許，舊紙的新用途正在開發中呢，我們不必悲觀。像我朋友迷上日本摺紙藝術的女兒，跟我那買果汁機不打果汁卻做紙玩的女兒，下一代可愛的地方，正是他們超越了我們這一代所能想像。

我現在不再替紙的命運操心了——一張張紙好像有了靈魂，不再只是工具，眼看要成為藝術品了。

母親節・地球日

小女兒念的加州大學戴維斯分校，農學院的實力讓人刮目相看。植物系、獸醫系在全美國各大學中，都是名列前茅。

每年母親節，小女兒都會從學校帶回一棵小樹苗，送我當禮物。這是學校裡實驗試管培育出的幼苗。

今年送我的小楓樹，只有三寸高、三片葉子。我種成盆栽，非常可愛。雖然小，看起來十分健壯，種下才三個多禮拜，已經長出了新葉子。

我給女兒打電話時，忍不住提到這棵「小不點兒」。她說：「我們學校

的『試管嬰兒』，愈來愈了不起了。」

母親節，也是她學校裡的「地球日」（Earth Day）。在英文裡，「大自然」也叫 Mother Earth ——大地之母。所以母親節 Mother's Day，她們學校不但為母親慶祝，也為大地之母慶祝，成為 Mother Earth Day。

這與母親節同慶的地球日，變成戴維斯城熱鬧的年度活動。不但大學校園開放參觀，還有樂儀隊表演、學生社團的餘興競賽、烤肉、貓狗展示、花草義賣……等等。

活動中又以「試管嬰兒」植物最有賣點。我忍不住跟女兒戲稱：地球日是你們的「試管寶寶日」。

學校裡最讓我忘不了的是一隻可憐的牛——裝了玻璃胃。為教學研究方便，你可以看見牛吃草消化的過程。

每次想親眼看看，都因為排隊的人太多作罷。如今女兒畢業，更不會特地往人潮裡去擠了。

地球日想起來，應當是接近大自然的日子才對。結果女兒買試管栽培的植物送我，而我最有興趣的是：看那隻玻璃肚子的牛。

人總是把自己當成地球上渺小的一分子。但換個角度看，高科技不就像把地球變成了我們的試管寶寶！

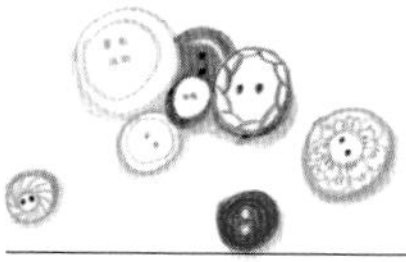

鈕子鈕子芝麻開門

經濟不景氣的緣故，家附近的兩家布店先後關門了。成衣氾濫的時代，動手做衣服變成畫畫、唱歌一樣的嗜好，純屬消遣。要不是清倉拍賣的血紅布條吸引了我，還不知道我家附近有布店呢。

有些小店明明開在眼前，每天打門口走過，多少年來就是沒有想要走進去。這家釦子店門面很小，還沒有我家客廳大，在一家中餐館隔壁。中餐館常去，十多年來卻從來沒有飯後走到隔壁的釦子店去逛逛的念頭。

最近因為布店倒閉，我才帶著同情的心理走了進去。一進去，像愛麗絲掉進了兔子洞裡的糖果鄉。滿眼是五顏六色的釦子，掛著的、擺著的，還有在櫃子一只只小抽屜裡躺著的，種類不可思議的繁多。

沒想到像集郵一樣，「蒐集釦子」不但是一種參與者眾的嗜好，還自成一門學問。

Button
集釦店

小店老闆從義大利移民美國，五十年前在紐約替猶太人開的鈕子廠當業務員，手頭鈕子的樣品多不勝數。後來，有個集鈕成癡的老太太去世，遺贈給他更多的鈕子藏品。

他忽然明白：鈕子雖小，在愛它的人眼中，何嘗不是寶貝！因此，一退休他就開了這家「集鈕店」。他說：「以鈕會友，樂趣遠超過鈕子本身的價值呢！」

跟他閒話，鈕子像他的兒女似的，他可以告訴你哪種鈕子是哪一年出品的，哪種是骨董、哪種是藝術品——

金鈕銀鈕象牙鈕、皮鈕包鈕化學鈕，由史前時代用石頭磨成、只做裝飾還不是用來扣衣服的小石鈕，到十八世紀歐洲巴洛克時代鈕子的黃金歲月，鈕子的學問可真不小。

雖然拉鍊發明之後，釦子的實用性打了折扣，可是它的裝飾功能卻提高不少。

想想釦子這小不點兒，使平面的布變成立體的、使披掛變成穿上，不爭鋒頭默默走了這麼長遠的路，好不謙虛可愛。拿破崙的軍服上，要是缺了那一長排亮晶晶的金釦子，他神氣得起來嗎？

前幾年還有一種「釦套」非常流行，平凡的釦子只要加上各式各樣的「外套」，整件衣服立即改觀。我有個朋友還拿來做成耳環胸針，非常別致。

小小的釦子，芝麻似的，但積少成多，像人類的知識庫。芝麻開門，阿里巴巴的山洞一開，說不定我們會發現他的百寶箱中，原來堆滿了釦子。

真的，釦子的學問帶給我的驚喜，並不少於價值千倍萬倍的珠寶。

Lefse：挪威春餅

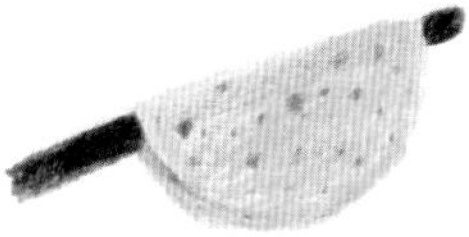

名曲〈教我如何不想他〉的作曲者語言學家趙元任先生在世的時候，中飯時間我常在柏克萊的北方小吃店跟他不期而遇。因為他最喜歡到那兒吃春餅。

他一去到，口都不必開，老闆就送上兩個特製的春餅。那種老友似的默契，很令我羨慕。

不過那春餅在我看來，只是沒油炸的春捲而已，跟木須肉捲餅差不多。只差餅裡無肉，是全素的。

「春餅」這個詞，就是由那兒學到的。

後來看到墨西哥人吃的勃瑞托（Burrito），我就叫它「墨國春餅」。正宗的墨國春餅，我想是玉米粉摻麵粉做的。

今年到懷俄明州，居然見到一種「挪威春餅」Lefse（發音像：勒夫沙）。

小店就在我住的旅館門口。我見招牌上寫「挪威特製 Lefse」，門口又擺了兩個真人大小的老夫老妻玩偶，非常可愛，就走進去探奇。

要來一份「勒夫沙」，一看原來是春餅。但裡頭包的是蘋果和草莓醬，也很可口。

一面吃，當然就跟老闆談起天來。本來我就不是好吃而是好奇才進去的嘛！

打聽才知，這挪威春餅還不簡單呢，是用馬鈴薯磨成粉做的。

我說：我們中國人也有這種餅，但是用來包菜吃的。

老闆說，當初剛移民來美國，正愁如何謀生，就是在中國飯館吃了木須肉，忽然想起在挪威老家他祖母常做的春餅，就跟太太倆買了很多很多馬鈴薯試做試賣。

他後來又學美國人吃熱狗的方式，用挪威春餅包上波蘭香腸，賣得也還好。

就這樣把小店開下來了，發不了也餓不死。

每個移民有不同的故事，但吃苦的歷程都差不多吧。我以為只有老華僑當年在美國是一把血汗一把淚的，原來挪威人也一樣。

臨走，我對老闆說：謝謝你，你讓我至少認得了一個挪威字——Lefse。

我由衷地這麼感謝。

Lefse春餅

食有魚

上海作客，跟人去菜場。一條街滿是食物，不虞匱乏的喜樂油然而生。小販都是個體戶，鋪子裡則是「文明單位」，只見河水不犯井水，店裡店外都是好吃的人與好吃的東西。

還記得我頭一次去日本，在東京地鐵車站，看到一排排整潔得驚人的水果，尤其草莓當季，那種鮮美的印象，如在眼前。

上海的市場琳琅滿目，用「鮮美」卻形容不上，只能說：豐富而多樣。因為日本的市場講究色彩的排比，有藝術感；中國還是實用為主。

在南京看那些賣雨花石的，那麼漂亮的石子用飯碗一碗一碗盛著，擱在地上，真為那雨不雨花不花的美麗石子委屈。

上海人好像講究些，菜販也乾淨伶俐。尤其賣魚的地方，像個小水族館，游的魚、爬的鱉、夾人的蟹、蛇似的鱔魚，天天都有，而且生猛。

有的個體戶用只搪瓷臉盆，盛著兩條不知名的魚，也在那兒賣著。看了討喜，想到童年，忘了是做飯用的。

看著盆裡馬上要變成「盤中飧」的游魚，我想起美國人把鯰魚叫做「貓魚」，不知道是不是因為那兩根鬍鬚的關係。

鯰魚無鱗，皮滑膩如泥鰍。我在書上讀過，有兩種雄貓魚為了繁殖下一代，會把魚卵含在口中兩個月。這兩個月牠不吃不喝，犧牲到底。

香港作家西西的小說〈母魚〉，曾經深深感動我。她用魚與人對比，寫一個十七歲少女未婚懷孕的故事。在她筆下，魚類的愛是不會蒙羞的，少女的愛卻擔負著風險。

為把卵含在口中而絕食，要冒風險；但在魚的世界裡，愛與蒙羞卻不必扯上關係。這是魚的幸運。

黑澤明，如夢之夢

日本大導演黑澤明的集錦電影《夢》裡，有兩個夢，我很喜歡。

其中一個是〈桃花園〉。

那些遭砍伐殆盡的桃樹的幽靈，為了報答小男孩替它們流淚的深情，特地跳了一場日本古代的祭典之舞給他看。

只見桃花園一行一行階梯式的園林間，穿著鮮黃桃紅寬袍大袖和服的幽靈們，在漫天花雨中，像浮雕一樣。

他們的舞蹈，慢動作的姿態，彷彿是中國太極拳的變奏。整個畫面使我想到古墓裡的壁畫。尤其，那些人物側面整齊的行列安排，不正似古埃及浮雕的剪影式寫照？

一時間，今古合一。那份美麗的和諧，使我難忘。

並且，我第一次發現：日本和服跟宋代的大袖袍真像。只是，大袖袍是朝服，男人上朝穿的。

另一個夢是〈看梵谷的畫〉。

有個畫家在藝術館裡看梵谷的畫，看著看著進入了畫裡，還跟梵谷在沒有鴉群蔽天的麥田裡相遇。

割掉耳朵的梵谷，出現在他的遺作〈麥田群鴉〉畫面裡，意義特別。梵谷畫完烏鴉，就在那麥田裡舉槍自殺。

可是，我們只聽到蒸汽火車聲替代了槍聲，火車的濃煙飛逝替代了一群黑鴉。多高明獨特的象徵手法！

說起對梵谷的崇拜，我常想：除開就藝術論藝術，難道我們的讚嘆沒有出於一點同情心的作祟嗎？他的成就我們羨慕；他的人生，我們卻不一定願意經歷。

梵谷的畫在國際拍賣會上喊價飆了又飆。想他生時的困苦失意，從前我常為梵谷叫屈。

如今我不再這麼想了。你看，畫轉手賣來賣去，也還是屬於梵谷，永遠都是梵谷的。

連死亡也奪不走呀！這才是藝術，真正的藝術。

桔梗花開滿回家小路

收到一本自海那邊的故鄉寄來的美麗童書，是我的生日禮物。

打開書，就叫我愛上了。孩子的笑顏、花草的香，世間最單純最靜美的兩種生命。紛紅亂紫的天地，一個個無憂的孩子盡興玩著、鬧著：躲迷藏、滾鐵圈、盪鞦韆、捉蜻蜓……

翻過一頁頁是詩是夢的畫面，彷彿翻過我失去的童年。

在書中，發現了桔梗花。

小時候，唱過一首韓國民謠改編的兒歌：

桔梗花，桔梗花，好可愛，路旁開滿了桔梗花。
每天走這裡回家，爬過山岡便是我那可愛的家。
看見了桔梗花，使我想起我那可愛的家……

一直不知道那是怎樣一種花，直到離開家、離開故鄉這麼多年之後。

原來，桔梗是這樣平凡的小花。正因為平凡，更使我想到那歌裡的淒涼味。

我們的家，不正像路邊平凡的小花，只有在我們自己眼中，才有其可親、有其可愛吧！

沒來由的，思念起我的故鄉、我故鄉平凡的家……

失去的童年，把平凡的鄉情化成了不平凡的詩情。

也許有的時候，失去比得到要好。

讀一本無字書

偶爾翻到一本黑白攝影集《看讀》（*On Reading*），書裡是各種各類的人、在各種各類的地方，讀著各種各類的書的各種各類的樣子。

色彩只有兩種：黑與白，卻把一個「讀」的世界，「讀」到了不能意想的廣闊。這本書，真是比彩色的更多彩，比許多有字書更多姿。

圖書館、校園、街上、樹下，等人、候車的時候，這些平凡人循規蹈矩的「讀」，在書裡統統變成一種特殊的美麗，叫人忍不住望「讀」生羨。歐洲人的讀、日本女尼的讀，教皇在聖堂裡的讀、平民在屋頂陽台上的讀。

老太太老公公讀信，帽沿低低的、信紙縐縐的。不知道讀了幾次、不知道落了淚沒有？

貧民區的孩子舔著冰淇淋，一邊胡亂往散滿了報紙垃圾的門階上一坐，隨手就近在身旁亂七八糟的舊報紙堆中揀了張漫畫來讀。一讀出了神，冰淇淋都化了。

三個衣衫襤褸的孩子，凍凍縮縮地坐在一堵破牆下，聚精會神共讀一本書。書攤在中間那個沒穿鞋孩子的膝頭上，左膝下的褲管破了好大一個洞。

——連一個字都沒有。可是那天氣的冷、那由書中取暖的動人，比一首詩有更多更厚的韻味，比一則小品更壓縮更精巧，彷彿是一篇無字的小小說。

一本沒有文字只用圖片編排的書，真像我們生活裡「靜默的剎那」。有時候，靜默更勝千言萬語的魅力，不是嗎？

萬里燕歸來

據說世上有人能分辨得出近三千種鳥的叫聲。鳥的叫聲非常複雜，除了鳥種不同，鳴聲各異，同類的鳥有時也各唱各的歌。甚至還分雄的雌的、老的小的，求偶的、爭地盤的，聽得外行人一頭霧水。

我以前工作過的博物館存檔有各種鳥叫的錄音，還有把錄音透過電腦儀器「轉譯」出來的圖表，像地震儀畫下的震動線譜。

有位退休的老教授為聽鳥音奉獻了一輩子，至今還「有聽沒有懂」。另一個鳥類學家，為解析鳥語修讀了音樂博士學位。鳥之所以迷人，大概牠的本事都是人所不能——除了飛，還有這高超的音樂天才。

「漠漠水田飛白鷺，陰陰夏木囀黃鸝」、「無可奈何花落去，似曾相識燕歸來」，有人統計過，唐詩宋詞中出現過的鳥最少有二十四種。

古人的鳥類學知識也許沒有我們豐富，但賞鳥的閒情顯然不比現代人差。尤其，燕子在春天的詩詞中，地位相當醒目呢！

說起燕子，加州聖胡安市有個兩百多年歷史的西班牙老教堂，每年到了三月十九日必定鐘聲大作。倒不是有什麼慶典，而是歡迎一年一度由阿根廷飛回教堂老窩來的燕群。

如今，每到三月，不但愛鳥人前往研究，一般對鳥並不十分關心的民眾也因感動前去迎接。

你知道阿根廷到加州有多遠？九千六百六十公里，跟萬里長城一樣長的距離。更不可思議的是，這些歸巢倦燕飛回來的日子，據說年年不差。

老教堂的鐘聲年年敲響。我沒來由想到海明威的名著《戰地鐘聲》（*For Whom the Bell Tolls*），書名直譯是「鐘聲為誰響起」。

小說是悲劇，但聖胡安市的春天永遠會因燕子的飛返而喜悅。

百年來，鐘聲與燕語，早成了彼此的知音。

幼稚園裡都學過

讀過一本耐人尋味的好書《所有我真正需要知道的，在幼稚園裡都學過》（*All I Really Need to Know I Learned in Kindergarten*），我闔上書仍念念不忘。

作者羅勃．傅剛（**Robert Fulghum**）說得真有道理：人生最高的智慧其實不在大學的研究所，而是在幼稚園小小的園地裡。

回想一下，幼稚園教育我們的：

有好東西要大家分享。玩遊戲要公平。不亂打人。用完的東西擺回原位。傷害了別人說抱歉。不是自己的東西不亂拿。領受了別人的好情好意要感謝……多好的政治學。

飯前洗手。廁所上完保持清潔。餅乾、牛奶和小小的午睡……每天學一點點、想一點點、畫一點點、唱一點點，跳舞和玩遊戲……多健康的生活。

出門大家手牽著手。有時種花草，有時養養小動物……多美麗和諧又簡單的生態學。

人生還要什麼其他金科玉律才能更加美好？

如何生活？過合情合理的生活。

如何做人？做一個

與旁人相安無事無爭無怨的人。

這些學問，說真的，幼稚園裡都教了，我們也都學過。可是，出了幼稚園以後呢？

想想世界會變成怎樣的局面？如果人人有餅乾吃、人人有張小毛毯；如果我們的國家和世上其他國家都不亂拿別人的東西，並且清理乾淨自己弄髒的地方。

尤其是，無論我們活到多老，要出門走入這大千世界時，能跟人手牽手彼此相依，多麼好，多麼好。

春天實在太奢侈

花。

春天是看花最好的時候。

美國人跑到日本賞櫻，日本的年輕人偏喜歡飛到美國首府華盛頓看櫻花。

真是美。在美得叫人想自殺的櫻花樹下，什麼川端康成、什麼美學和俳句，全忘得一乾二淨。粉粉蕩蕩的花海，漫山遍野。

「千紅萬紫」其實最不適合用來形容春天了。或許應當說，最不適合用來形容櫻花樹下的春天。因為櫻花嬌小粉嫩，就是千萬株種在一起，也完全不見大紅大紫的氣勢。只是純純的美，難以形容。

在日本，賞櫻叫「花見」。「櫻授」是到山上賞櫻。看護櫻樹的人稱「花守」。繁花落盡，花瓣隨波逐流成了「花筏」。

為了春櫻，日本人創造出許多賞櫻的風俗，比如用櫻花瓣做成各式糕

點、枝上吊些小燈籠、夜半在花林中飲酒歡樂等。因為人俗，花反倒顯得更加雅麗。

春天實在太奢侈。好像一年一度的選美大會，百花都要擠在一起來報到。除了櫻花和鬱金香，眾香國裡當然少不了花魁牡丹。櫻花是日本的國花、鬱金香是荷蘭的國花，幸好牡丹站上台去，依然很中國。

到北京去，朋友帶我去看郭沫若紀念館，進門就是一棵百年的木本牡丹。高與屋齊，哪裡能稱它為花，簡直是「古木」。

碗大的花，的確富貴。用它跟紅朝顯貴郭沫若作伴，挺相配的。

後來看了魯迅紀念館，清瘦的魯迅招牌樹——棗樹（「在我的後園，可以看見牆外有兩株樹，一株是棗樹，還有一株也是棗樹。」）和丁香（「北京暖和起來了；我的院子裡種了幾株丁香，活了……」），也覺得與魯迅氣味相投。

如果牡丹搬來魯迅紀念館，或者棗樹種在郭的庭院，都叫人難以想像。

櫻花探春、牡丹報喜。讓花草的歸花草，讓我們年年都有個百花競豔的春天，好好兒奢侈一下。

荔枝紅了

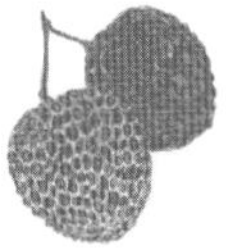

報上的大陸新聞說，廣東特產的「掛綠荔枝」今年豐收，外銷看好。用「掛綠」形容荔枝，真美！

原來還有典故，查到吳應逵《嶺南荔枝譜》載：「掛綠出增城沙貝，荔枝中第一品也。蒂房一邊突起稍高，謂之龍頭；一邊突起稍低，謂之鳳尾。熟時紅紫相間，一綠線直貫到底，故名。」

荔枝這種「帝王貢品」級水果，在美國十分罕見。就是中國城裡，也只驚鴻一瞥。據說因為產期短，又保鮮不易。

我在夏威夷住過兩年，房東的哥哥就住在附近。他家裡有棵荔枝樹，我一直不知道。

有一天，看見有人在樹下指指點點，才注意到滿樹的綠果子。龍眼似的，只是果皮像長了鱗、刺刺的，很像荔枝，就去問房東。

房東說就是荔枝，他祖父從中國帶來的。說時，眼裡閃著回憶的光彩：「荔枝這種水果，綠的時候酸；紅的時候，一離枝顏色馬上暗下來，難伺候。」倒有點像楊貴妃，難怪她格外看重。

我記憶中的童年滿是台灣的龍眼與芭樂（番石榴），所以在夏威夷的時候，荔枝並不是我的鄉愁。我忘不了的是荔枝一夜之間由綠變紅，以及一天之中採摘一空。

那時候天天注意荔枝什麼時候會紅。它似乎有意跟我調皮，留心的時候，它偏不紅。

有一天晨起，卻忽然看見滿樹荔枝都變了顏色——鮮美喜氣，紅豔有甚於花。好像畫家一時興起，紅顏料淋漓潑灑了出來，哪裡耐煩一筆一畫慢慢著色！

那份驚喜，如今成為我的鄉愁：因為等我下班回來，滿樹的荔枝不見了，都成了中國城水果鋪子裡的「時鮮」。

我沒有心情買來嘗鮮，站在樹下，久久不能成言……

如今，即使快馬加鞭，給我送來剛摘下的荔枝，又怎樣呢？甜美，是單純得不知天下疾苦的人才配享受的滋味。像我這海外旅居者，荔枝——這祖父輩的故人，罐裝的與時鮮的，其間甜美的差別，也漸漸說不出來了……

《青木瓜》的滋味

看了一部越南電影《青木瓜》，真是如詩如畫。它超越了電影的通俗框架，接近了詩的境界。

也許我喜愛的原因中，也有自己說不出的鄉愁在。那五〇年代人際間的純，那中國式的門窗、庭院，院中的亞熱帶植物、青青木瓜樹，小小的菜圃、米缸、油爆的炒菜鍋，壁虎、青蛙和螞蟻——童年許多生活的細節，都在導演細膩的描繪中復活。

青木瓜是越南人常吃的涼拌菜。把未熟的木瓜由樹上摘下，削去青青的外皮，再敲擊橢圓形的瓜身，瓜肉會自動散成一根根瓜絲。人們取白色帶青的木瓜絲上桌，其餘的部分就丟棄了。但是，有一個小女孩由鄉下來城裡幫傭，她最喜歡把那被丟棄的部分剖開，在青木瓜的心中有許多種子，像珍珠一樣潔白。

小女孩看著那些晶瑩潔淨不染一塵的種子，總是一個人偷偷微笑起來。

每天清晨，小女孩看到青木瓜割離樹頭，白色的乳汁一滴滴流下來。家裡殘忍的小男孩在樹下捉弄昆蟲動物，也捉弄她。

在一個沒有快樂的地方成長，小女孩潔白的心卻從沒有受到污染。

每個人心中，不都有些潔白的種子嗎？有人丟棄了而不自覺。人世裡很多無聲的淚，一滴滴落下，像木瓜樹上的乳汁，也並沒有人來憐惜。

潔白的種子與無聲的哭泣，也可以是我們生命中祕密的愛，也可以是那些愛的祕密。然而，一旦木瓜熟了，那些種子就變黑了，像小女孩身邊發生的故事。

男主人經常離家出走，走時總是偷走女主人辛苦賺來鎖在首飾箱子裡的錢，錢用完了才回家。

小女孩不懂他為什麼不快樂。女主人那麼愛他，每次他回來，半句怨言都沒有。反而每次兒子出走，長年念佛的祖母還要怪罪女主人不懂得讓她的丈夫快樂。

足不出戶的老祖母不知道外面的世界還有一個深愛她的老頭子。最終再也無法出走，病死在家中的男主人，他也不會明白溫順的妻子對他的愛有多麼寬宏多麼深。因為他們從來沒有剖開過一個被丟棄的青木瓜。

只有漸漸長成懷春少女的小女傭，她獨自一人享有青木瓜裡純淨的愛的祕密。

沒什麼大吵大鬧、沒什麼勾心鬥角，甚至沒有恨沒有尖銳的稜角。我們真實的生活本當如此。而愛情，就在那似是而非、無可怨悔，連無奈也多

餘的時候，更凸顯了出來。

聰明的導演沒有落入唯美與感傷的俗套，他情願讓人相信：即使婚姻與愛情不是一回事，小女傭最後也能找到屬於自己的愛，快樂並且潔白。

因為男主人開始教她念書，她快樂地背誦書上的字句。然後是一首詩：

詩裡的青木瓜永不會被丟棄。

有些暗喻，那樣模糊而溫柔，關於愛、關於孤獨，其實常常深藏在那被我們丟棄的青木瓜裡。

戰鬥、愛與自由的芳洛麗花園

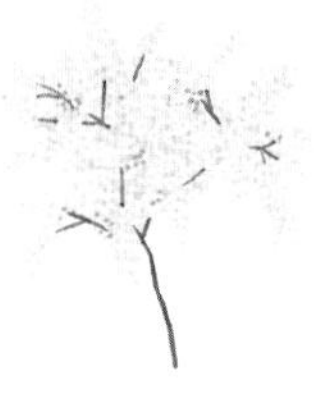

那天，下著清明時節特有的毛毛細雨。不知道是否雨絲如霧的緣故，把綠樹與春花都襯托得非常柔美。

我們在靜靜的鄉間小路上一路駛去，早已享受到春天的氣息。不料，進到園裡，才知道園外的春天不過是水墨畫裡偷偷跟著水溢散出去的淺淺淡墨；真正的大潑灑，真正的筆墨淋漓處，全在園裡。

Fi-lo-li（我叫它：芳洛麗）花園位在舊金山南邊三十哩幽靜的小城Woodside，占地六百五十四畝。自一九一六年開始造園，但開發可供參觀的只有十六畝；現有全職園丁十四位、義工園丁七百人。二十年前羅斯夫人把花園捐給國家，園主人住過的豪宅已列為美國國家文物。

我對那鄉村別墅式的豪宅興趣不大，反倒花園典雅樸素，有一種高貴的氣質，深深吸引我。

園中的植栽以紫藤、白藤最為搶眼；鬱金香就有白色、粉紅與黃色多種。還種有一大片牡丹，雖未全開，但蒐集的種類之多很是驚人。整個花園沒有英國式大紅大綠、鮮而豔的富貴氣。迷人的安閒氣派，幾乎可以說是東方情調。

我一向極愛紫藤，這輩子還沒見過這麼美這麼多的紫藤。滿牆的紫藤，爬得幾丈高。雪白的鬱金香鋪滿池塘邊小徑旁，加上三步一園、五步一景，杜鵑、木蘭，花房似的喝茶小屋，還有兩株國家級的百年榆樹，在游泳池邊撐起巨大的傘蓋……

想這裡前後經營過花園的兩位女主人，跟我對植物的品味怎麼這樣相似。一面在細雨的花園裡走著，一面覺得親切如來赴約似的心情，使我更加愛上此園。

這帶有女性氣質的花園，卻有一個英氣十足的名字：Fi（fight）-lo（love）-li（liberty）——以人生三要素：戰鬥、愛與自由為名。

有人喜歡用自己的姓名命名自己的功業，惟恐別人不記得他。但這芳洛麗花園的女主人，卻如此脫俗—跟她選種的花木一樣。本來不過是個花園罷了，但因這不同凡響的名字，使人由愛生敬了。

是啊，戰鬥、愛與自由—花與樹莫不是這樣成長起來的。那兩株國寶級的百年榆樹，是最好的證明。

據說多年前，有位被革職的園丁懷怨報復，半夜跑來鋸樹。幸好發現得早，兩株老樹才保住性命。

現在兩株老榆樹身上，還清楚看得見電鋸的齒痕。

從中國漂洋過海來的榆樹，歷經異鄉的風吹雨打、蟲害天災，戰鬥了一百年；但沒有愛的時候，不要多久時間就能讓它喪生。

果然，愛要放在戰鬥與自由當中，才能使生命變得圓滿。

有尾巴的石頭

夏天地球上最熱的地方——那兒熱到攝氏四十度以上是家常便飯——叫做死亡谷，在美國加州東南方。

科學家對這片「黃土地」很有興趣，因為是西半球海拔最低的盆地（低於海平面兩百八十二英尺）。人類要想在大暑天穿越這個盆地有如自殺，卻還有最稀奇的動植物在那兒生長著。

以前我工作的實驗室裡，有位教授就專門研究死亡谷的一種地鼠，那地鼠小到鉛筆頭上的橡皮擦般大小。還有一種金黃的小菊花，每一朵只有米粒大，但放大了看，花瓣花蕊完完整整，像博物館裡的微雕。

變成微雕似的生命，常使我想到古代書生養在書桌上替他磨墨的墨猴。據說為了不讓牠長大，不給牠水喝。

如果死亡谷中的生物是上帝的墨猴，那麼死亡谷中的石頭，就是上帝的盆栽。

死亡谷中有些石頭體積不大，好像可以當紙鎮用。但在冰河時代，它們其實是塊巨大的岩石。風吹雨打日曬雪洗，使它漸漸縮小緩緩推移。那經歷幾千萬年累積起來的位移，在地面留下的動線，遠望起來真像石頭後面拖著一條長長的尾巴。

好像石頭是活的，幾萬年才往前爬一小寸。也可以想成：石頭慢慢消失，但那條尾巴卻在生長，長成一部時間簡史。

觀光客也許不想看那些土頭土腦的石頭，也不會留意那黃土地上留下的「鴻爪」。在大自然「惡意創造」的這片荒原上，它「渺小」的啟示顯然不足為奇。

但對我而言，那石頭像一種生命苦旅的伏筆。在我讀地球我讀生死我讀每一個思維的細節時，都會想起它來。

要是連它也不會使你懂得渺小懂得謙卑，世上還有什麼會呢？

麥田群瓜

舊金山的氣候，一年四季分得很不明顯，夏天跟冬天的氣溫，好像只在一件毛衣的差別。喜歡春有花、冬有雪的朋友不免要抱怨：好無聊哇！

我卻很喜歡這種「無聊」。因為在無聊中做出些不無聊的事，正是考驗我們智慧最好的方式。

譬如，這裡的秋天沒有滿山似火的紅葉可看，但到鄉下的農場去，卻可以見到滿地的南瓜——成熟時，金黃帶紅，像金子鋪的地毯。比起楓林染紅的美，一點兒也不遜色。

美國人十月底有個南瓜節——就是「萬聖節」又叫「鬼節」，原來是為了驅逐死神。到了這一天，家家點個南瓜燈、吃南瓜餅，小孩子個個穿奇裝異服戴面具，沿門要糖吃。

各種好玩的比賽也紛紛出籠，我最愛看全國南瓜大賽——哪個地方種出的南瓜最大？有的真是巨大得像一頭象。得獎的農夫總會在電視上，把臉笑得比南瓜還圓。

小學生的畫南瓜臉比賽也極有趣：圓臉、瘦臉，笑臉、哭臉，美的、醜的、可怕的……南瓜一個個變成活過來的人似的。

我喜歡南瓜，喜歡那快樂溫暖的顏色。但是，南瓜也使我想到不快樂的畫家梵谷。梵谷許多名畫都是以這南瓜色為主調：〈向日葵〉、〈麥田〉……尤其〈麥田群鴉〉是他自殺前最後一張畫，他畫得好不淒慘。

一樣的田，有人種麥子、有人種南瓜；一樣的金黃色，可以畫喜氣的南瓜滿地的瓜田，也可以畫悲傷的秋收後的麥田。

我不禁要想：要是梵谷住在加州，說不定他的瘋病都會不藥而癒。因為這裡的秋天，田地裡長滿了健康的南瓜。

春天的糖

春天最容易感冒了。乍暖還寒，人們常常迫不及待想脫掉笨重的冬衣，改穿輕盈的春裝。

其實，春風沒那麼熱情，只是性情溫柔，太陽就派它來向人間報告春天的消息。太陽也不性急，等著讓那些貪睡的生物慢慢甦醒。

可是人類等不及，覺得一個冬天太長了。明明有的生物還嫌每個冬天都太短呢！

在美國東岸，有些地方五月母親節還會飄來一陣細雪，春天短得跟夏天打成一片。

有一回到鄉下農場玩，才知道那些從楓樹取樹汁製糖的農莊人家，都非常喜愛那一場遲來的「春雪」。

種甘蔗的夏威夷還沒有變成美國的一州之前，「美國糖」有部分來源就

靠這種叫 Sugar Maple 的楓樹。

製糖的農場種一大片楓樹林，每棵楓樹都整整齊齊等距離排列，很像一隊隊士兵。每株樹身上都吊著一只小水桶，高約及肩——方便農人收集的高度。好像那些「阿兵哥樹」沒有荷槍，胸前抱個水桶，筆直立正，等候長官命令。

發號施令的當然不是農夫，而是大自然奇妙的律則。

一等春暖，那些楓樹就有樹汁慢慢滴進水桶，農夫再把桶裡的樹汁收集到大鍋內用火熬煮。汁水收乾，楓糖便結晶而出。

據說春天下的那場雪，對糖分的濃度和樹汁滴得快慢有關鍵作用。要是滴得太多太快，不但糖不甜，樹也會死去。

搬離東岸多年，有時碰上一場遲來的春雪，不免要想起雪裡一排排楓樹，樹裡流出來一滴滴甜美的糖汁。

喝一杯抽象畫

在北京到作家張抗抗家作客，她送我幾袋很特別的茶包，叫「烘豆茶」，說是杭州特產。

我老家在杭州，只知道杭州有龍井、碧螺春，從沒聽說有烘豆茶。看了包裝的說明，這茶古已有之，可追溯到大禹治水的時代。茶包中除了茶葉，還有橙皮、黑芝麻和烤乾的青豆。

沖泡後喝來帶有鹹味。杯中青綠橙黑，色彩有趣，像喝一杯抽象畫。

相傳四千多年前浙江德清縣是防風的封地。防風受大禹之命治水，勞苦莫名。當地人取黑芝麻、橙皮沏茶為他祛溼氣，配以烘炒的青豆當茶點。

防風有一回不小心把青豆傾入茶中，飲後神力大增，治水成功。日後百姓仿效，這種吃茶法累代相傳蔚為鄉風，因此得名「防風神茶」。

說起「加味飲料」，美國人喝咖啡也有不少「異味」，加上核仁、香草、橙子或巧克力種種。英國人喝茶加檸檬加奶司空見慣，還把茶葉薰上草莓、薄荷種種果香花草香。帶鹹味兒的茶倒是從沒聽聞。只聽說湖南人感冒時，泡茶會放入薑片和胡椒，喝出一身汗來才好。

前幾年在蘭州街邊，居然看到一個攤子上擺著許多乾花草和茶葉，一包一包，可以按買客的喜愛任意挑選花草搭配茶葉。小攤因為那些玫瑰、薰衣草、紫羅蘭、金盞菊之類乾花的色彩瞬時亮麗起來，蘭州城也因為有這樣的小茶攤增色，使我難忘至今。

新與舊各取所需的時代，懷舊的人去茶莊買茶，還是要地道純粹的茶葉。新新人類買五顏六色、氣味各異的花草茶，喝的只是花飲料。花是主角，茶成了配角。

我喝著似茶非茶的烘豆茶，十分希望自己有神力加持，做出點什麼成績來才好。

今天的天氣多麼好

這是一首古老的日本民謠，歌詞非常簡單：

女：先生啊！

男：什麼事？

女：今天的天氣多麼好。我們是多麼的年輕。

介紹這首歌給我們的，是一對「祖父母級」的吳先生、吳太太，他們說，這歌是講一對新婚夫妻的恩愛，太太並不真有什麼事要說，不過撒嬌地叫了一聲先生。等先生問什麼事的時候，她覺得很不好意思，只好隨口應了兩句。

我被這首簡單的民謠深深打動，這樣簡單溫柔的纏綿……通常，纏綿的感覺總會引動我的哀愁，不知道為什麼。但是，這首歌卻使我感到無比的甜美。

也許是在旅途上的緣故吧，我想。

窗外是瑞士如畫的風景。那時候，我們正在由瑞士琉森到巴黎去的路上。

「今天的天氣多麼好，我們是多麼的年輕」那樣子的路，我也曾經走過。旅途上，回首自己從前走過的路，再想到同車共遊的旅伴他們的所來路，不禁使我又落入了人生這個剪不斷理還亂的課題裡去。

吳氏夫婦真是可愛，人老心卻不老。喜歡戴漂亮的帽子；講英文帶日語的口音，講國語又帶台語的腔調。一個人發言，另一人補充；笑話還沒講呢，自己已經先笑出了眼淚。跟他們在一起，不也使我們享受了「今天的天氣多麼好，我們是多麼的年輕」一樣的心情嗎？

他們唱著歌的同時，我想著他們走過的人生路途：在日據時代的台灣生長，光復前夕，得說日語；光復後，改說國語。跟兒女來到美國，又得說英語。他們卻沒半句怨言，只為了半土半洋的口音謙遜地抱歉。

從前我寫過這樣的句子：

活得辛苦的人是值得敬佩的，因為對生命盡了那樣一份心。

現在我想說：對人生沒有懷恨的人是可敬的，因為給人樹立了一種境界——一種結局最圓滿的可能。

常聽人說：夫妻是孽緣，人生在世像還債……等等。怎麼會呢？怎麼會呢？我在歐洲的旅途上不停想著：這同車出遊的緣分，是債嗎？這東西南北匆匆一聚的快樂，是債嗎？這不是一段美好的回憶嗎？

我忽然想起不知是小泉八雲還是誰寫過的一篇文章：

二十五年前一個夏天的晚上，在倫敦某公園裡，我聽得有個女孩向一個過路的人道了一聲「晚安」。除了這「晚安」之外，沒有說什麼。

我不知道她是誰，甚至沒看到她的面貌。但是，過了一百個節季以後，這「晚安」的聲音的回憶，竟還能夠引動我一種不可思議的感覺：夾雜著愉快和痛苦的刺激……

難道是債嗎？誰欠誰呢？

一首偶然聽到的歌，觸動了我的靈感，如果是債，欠的還是還的呢？我終於給自己下了一個結論：還債多不愉快，不如報恩吧。

在人生的旅途上，我但願不是來還債的，而是來報恩的。來報基督在十字架上的心意；來報使大地溫暖、萬物生長的陽光；來報人間綿纏不斷的有情……且來報這「能來」與「能報」的機會……

啊，今天的天氣多麼好，我們是多麼的年輕哪！

一個旅人，在路上

千禧年回台灣，搭公路車沿北海岸由淡水一路兜風到金山。

也不知是在舊金山看海看多了，還是那幾天天氣不好，以前覺得很美麗的海岸線，如今都沒什麼印象。反而是一個小學生貪睡坐過了站，醒來時的驚慌神色，到現在還在我腦中盤旋。

那個孩子急得快哭了，從椅子上跳起來就要下車。司機還滿好的，和善地問他是不是某某小學，小男孩說是。

司機立刻把車停在路邊，說：快下車，過馬路，等那一頭的公車來了，再坐回前一站。

沒想到小學生下了車，急得左右都不看就要衝過馬路。真是危險得要命，差一點就給卡車撞上。

車上的人同時倒抽一口氣，我忍不住想叫：危險。

我真心疼這孩子的心慌意亂。一路上都在想：要是給卡車撞了怎麼辦？要是能早點叫醒他多好。要是……

每一個「要是」都能改變一個人或者許多人的一生。可是命運給過我們選擇的暗示和機會了嗎？

也許因為沒有答案，所以一直記著。

還有一次，胡亂坐上一班由陽明山回台北的小巴士。每停一站，上來的人都會在車上找到熟人似的，這個點點頭那個打打招呼，不久滿車熱鬧滾滾。

真像哪個村子公休日遠足，大家全是左鄰右舍，阿公阿媽阿巴桑。只有我，我沒有可以相認的人，也沒有被人認得的理由，心裡忽然難過得很。

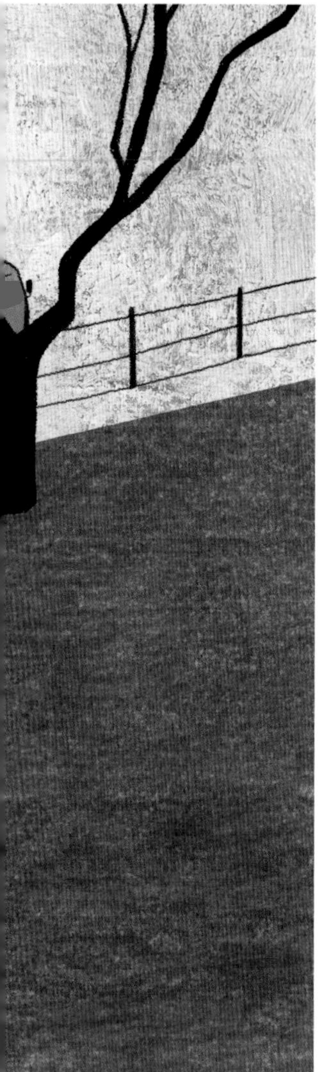

有人愛好旅行。我不知道他們愛好的是想認得與眾不同的風景，還是那樣忽然覺醒過來的感覺？

孩子的慌亂變成了我的慌亂，我的心疼變成了感覺的復活。如果旅行也有什麼學問，我想那認識的部分書上就有，那感覺的部分才會在路上等著我們。

靜寂森林裡，最後一片葉子

很久以前讀《莊子》，裡面有個小故事，說青年尾生跟女子約在橋下相見。誰知天不作美，當日發了大水。女子不來，水至不去，最後尾生抱橋柱而死。

那時候，我莫名其妙被那個癡人感動，很想寫成小小說。寫了幾次，都沒有成篇。故事太簡單了，寫不出什麼深刻的意義來。但是，那點莫名的感動，始終留在心頭。

後來讀到芥川龍之介的小小說〈尾生之信〉，赫然就是我想寫沒寫成的這個故事。

在芥川筆下，這不再只是一個小故事而已，變成了一個人可能的一生。橋下的尾生，心中滿懷希望等待著，河水漸漸漲起來了，他不知道該不該離開。就這樣一再猶豫，終於走不開了。

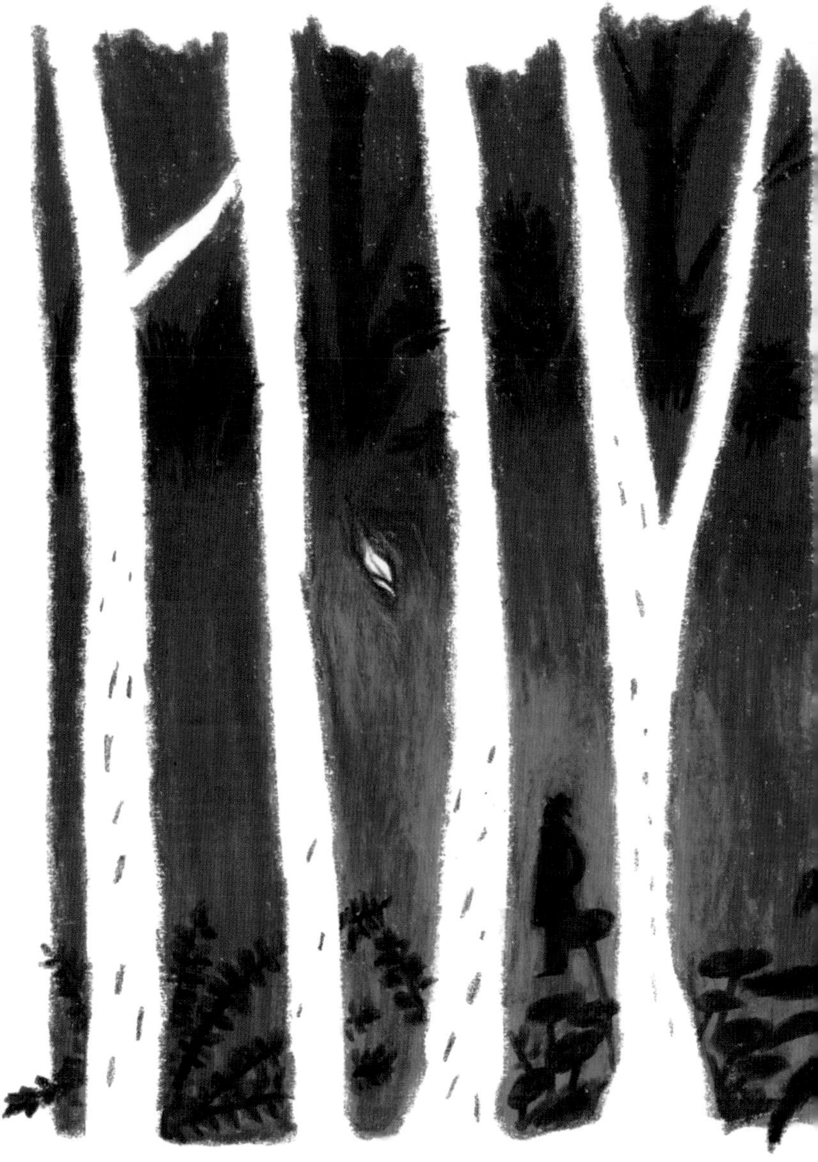

芥川說：月光下那個漂浮在水上的尾生，其實就是他自己。那女子豈止是一位情人，她代表人生中一點模糊的追尋、一種不確定的嚮往。等待著「等待」，結果等了一生。靈魂中那點嚮往卻始終沒有出現……

我想起詩人劉克襄寫過：

詩是靜寂森林裡最後掉落的一片葉子
詩是黑暗落葉層下最早蠕動的甲蟲

如果我們心底有塊園地，像靜寂的森林、像光線穿透不了的暗層，詩就會在那兒滋長起來。在靜寂與黑暗之中，無所謂最後與最早。不是詩人找到詩，是詩找到了詩人。

詩像愛情，因為說不清楚，格外迷人。人生路上，總是背負著知識的重擔，當我喚起感性與直覺的時刻，第一個想到的還是詩。

讀芥川、想莊子，無論是羅生門還是蝴蝶夢，不都充滿了謎一般的詩意嗎？寫的人也許只是寫一段人生，但每一代讀的人把自己的感動往上疊加，漸漸就變成了許多的人生縮影。

不論來自生活還是來自書本，有感動的地方就有詩。

詩人寫的短短詩行，卻把自己人生的悲喜賠了進去。每個詩人一生的創作鋪展開，不就是他們平凡又不平凡的自傳。他們用詩用生命尾生一般的執信，寫成一個「詩的故事」，卻不在乎知音會不會像故事裡的女子爽約失信。

鍵盤上的月亮

從紀弦先生的詩集《宇宙詩抄》，讀到一首非常短的小詩：

升起於鍵盤上的
月亮，做了暗室裡的
燈

詩只有三行，背後的故事卻是部長篇小說。

紀弦先生說，這詩寫於一九三〇年代，一直想發展成長詩都沒成功。原先只有兩行，「月亮」和「燈」是各行的末尾（十分的「黑暗」，詩人如是說）。

過了六十年，他才終於想到把「月亮」和「燈」都提到上頭來，成了一首「光明」的小詩。

如果不是紀弦先生解說，我還真看不出詩兩行與詩三行之間「黑暗」與「光明」的差別呢。

這首詩讓我感動的，不只詩本身，還有紀弦先生與他同學之間患難的友情。

動亂時代，蘇州美專有兩位非常要好的同學：一位寫詩，綽號「謫仙」；一位音樂家，綽號「貝多芬」。畢業後，「謫仙」雖家住蘇州但在上海教書，「貝多芬」則留在學校當助教。

兩人的友情從未因兩地分隔有所變異。每逢「謫仙」由上海回來，「貝多芬」一定到他家晚餐。

有一回，「貝多芬」興起，把燈關掉，在黑暗中為「謫仙」彈起他最愛的那首〈月光曲〉。

暗夜中，「謫仙」寫下兩行詩句。

那一個晚上，窗外是否月光清亮，詩人已不復記憶。但黑暗中鋼琴鍵盤上升起的這兩句詩，一直深深刻在詩人心中。

第二年，中日戰事加劇，兩位最要好的同學不得不分手了。

又過一年，詩人在香港得知：中國的「貝多芬」姚應才與哥哥姚應龍少校，在保衛家國的戰場上陣亡了。

一樣的月光、一樣的琴鍵與燈，相信不會有人寫出一樣的詩來。所以詩人才是不一樣的詩人。

兩句詩，在詩人心中竟然活了六十年。六十年後，我讀到的豈僅是詩句而已。

在豆皮上寫詩

美籍諾貝爾文學獎詩人布洛斯基（Joseph Brodsky）有妙喻：詩應當像電、像英國的牛奶，每天送到家家戶戶門口。

有了網路傳輸，詩常常會自己敲門，送來驚喜。從朋友轉寄的網路詩選讀到一些「新秀詩章」，好像呼吸到一陣清新的青草氣息，久違了。

都是些鄉下長大的孩子，後來到城裡落腳寫的詩，帶著濃濃的泥土氣。〈尾隨一株白菜出城〉，這樣的題目城裡人是難得想到的。

我特別喜歡張旭升〈一張豆皮的誕生〉。作者把豆腐坊與印刷工廠並比，至於那軟弱的豆皮，作者寫道：

它的脾氣比豆乾溫和，比豆漿硬朗
中庸的豆皮，一頁頁無字的書

是整個城郊忙碌的合訂本

讀著像看見一個中庸的知識分子，早晨上班前，在印刷廠門口的豆漿攤上，一面吃早點，一面想著他自己的中庸和城市的中庸似的。

他用「溼潤的頁碼」、「柔軟的皮膚」寫豆皮，把豆皮比做帶布紋的名片，又像印刷廠中的紙垛。禁不住想到：多少平凡的知識人不也像抽去了豆筋的身體，「匍匐於發霉的豆渣之上」？在豆腐坊的石磨邊上還有一隻驢子不停打轉，每天向一個到不了的目的地奔走著。

也許，我們多數人一生的合訂本都因為中庸變得大同小異，可是一張豆皮卻給作者寫活過來，好不奇妙。

想起一首日本俳句：

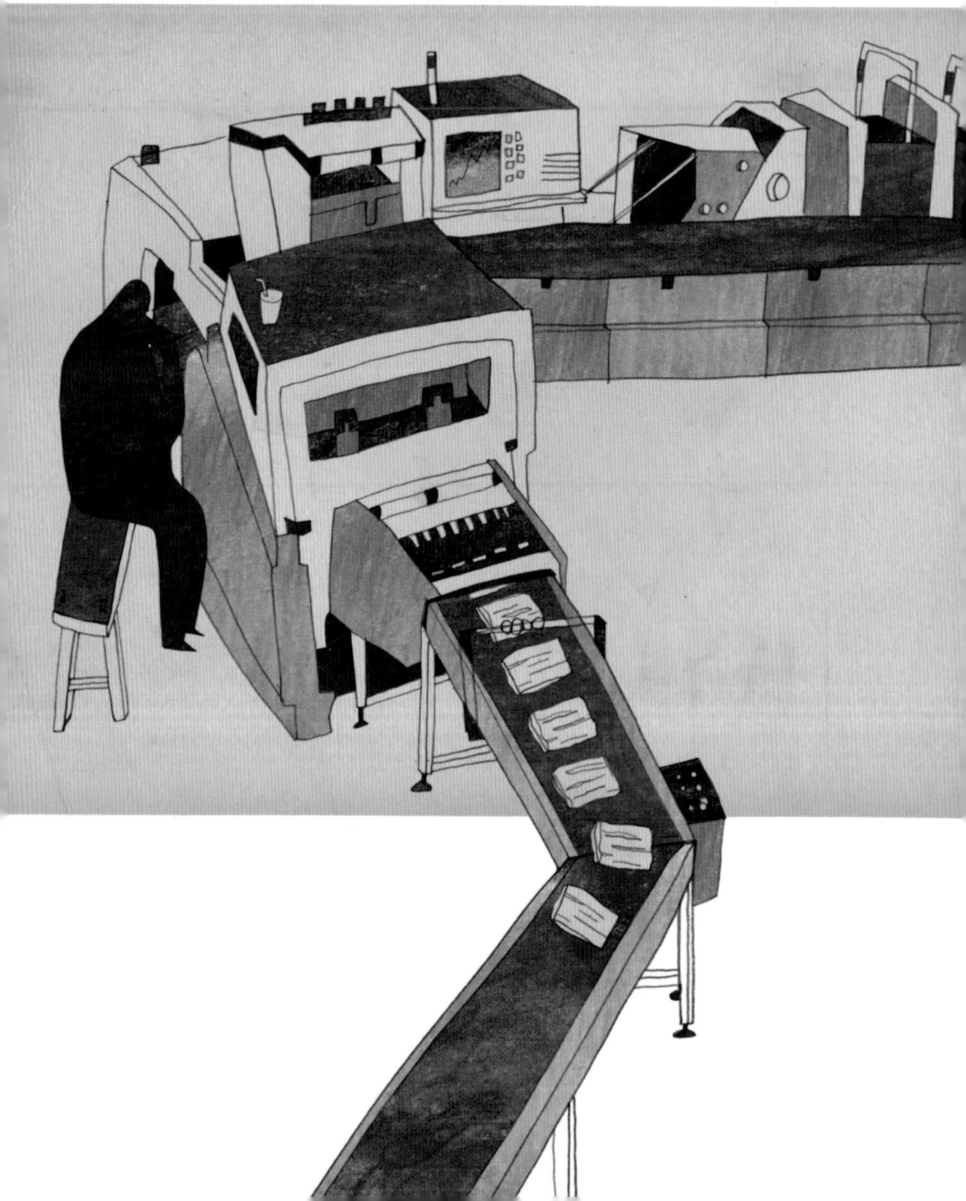

切成薄片的黃瓜
汁液流淌
拖住了一隻蜘蛛的腿

菜市中，那些堆得很高色彩誇張的食物裡頭，黃瓜和豆皮多麼微不足道啊。生活在書本中的人，有時「從高空降落到腳邊」，也是需要的吧。但是，能自認中庸又不自憐自卑的有多少呢？

瞧，那位詩人吃完了早點，夾著幾張晨報上班去。他今天會活得比往常愉快，因為有一首關於豆皮的小詩在他心中誕生了。

而我，走進了一張豆皮的想像，也格外感到生活的喜悅。

翅膀下的風

最近讀日本諾貝爾文學獎作家大江健三郎的《為什麼孩子要上學》，提到他小時候很怕死，一生病就吵鬧不休。

有回因病住進醫院，更是怕得要死。母親對他說：「你放心吧，要是你真的死了，我會把你再生出來的。」他就安心了。

過不多久，他又很不放心地問母親：「那你生下來的那個小孩，怎麼知道我是什麼樣的人呢？」

母親說：「我會把你的事每天一件一件都告訴他。最後他不就知道你是怎樣的人了嗎？」

我讀完很受感動。大江說的雖然是文學的傳承，我卻覺得他母親的愛才更了不起。

愛不也是這樣傳下去的嗎？

大江結婚生了兒子，兒子有嚴重的自閉症。母親叫他把孩子送到鄉下來由她撫養，大江的妻子拒絕了。她說養育子女是她自己的責任，不應當推給老人家。撫育自閉症的孩子非常辛苦，直到大江和妻子發現孩子很有音樂天分，才鬆了口氣。如今大江的兒子已是有名的音樂家了。

我們一般人背後，也許沒有文學家筆下那麼動聽的故事可說。可是有時候母親不經心的愛，卻成為兒女心中永遠的幸福。

我和小女兒之間就有一個平凡的小故事。

女兒小時候，第一次存夠了零用錢，想偷偷給我買一件母親節禮物。小學每年快到母親節就有個義賣會，擺了許多小攤位，都是捐贈品，孩子們買得起。

女兒千挑萬選買了一只綠色的玻璃花瓶，她拎著紙袋興高采烈地回家。可是路上一不小心紙袋掉在地上，把玻璃瓶打破了。她傷心得不得了，回到家一句話沒說，大哭了一頓。

我其實比她還要心痛。到現在還記得她傷心的樣子，到現在我還恨不得能在半路上替她接住那只花瓶。發生的事無從挽回，還好我想到一個妙點子，最後讓她破涕為笑。

事情過去二十年，沒想到二十年後有出版社找我寫兒童書，主題是「最難忘的事」。小女兒自告奮勇說她想寫，我很高興讓她代勞，她寫的就是這個破花瓶的故事。

你知道嗎，她寫好初稿給我看的時候，我的眼淚流了下來。因為她在結尾說：「這是我最難忘的母親節。我送媽媽一個摔破的花瓶，媽媽給我的是最幸福的禮物。」

做母親沒有不希望兒女成龍成鳳的，但我想最重要的還是希望他們快樂吧。當年我們用碎花瓶玻璃合力做的拼貼掛畫早在搬家時丟掉了，我一直不知道女兒對這件事記得這麼深。

可惜我母親去世二十五年了。我很慚愧在她活著的時候，沒能像我女兒對我說的一樣對她說：你給我們的愛，就是我們最幸福的禮物。

上個月我回台北給母親掃墓，每一次掃墓，都會想起當年女兒最喜歡一首Betty Midler的歌：〈翅膀下的風〉（*Wind Beneath My Wings*）。

我忍不住想用這首歌的歌詞代表我的感恩，獻給我的母親、你的母親和所有的母親：

在我的影子裡你一定很冷，陽光都被我擋住。

但你一直滿足於讓我發亮，你一直在我身後跟隨。
所有的榮耀給了我，你卻是我背後最堅強的支柱。
沒有名字，只有笑容掩去一切的痛苦。
我能高飛像隻鷹，全因為你是我翅膀下的風。
沒有你，我什麼也不是。

我們看見鳥飛，以為那是牠有翅膀的緣故；牠拍拍翅膀就可以飛得高、飛得遠。很少人會想到，牠的飛翔其實靠的是翅膀下的風托著牠、推送著牠。

母親像天使。每個天使老了，更情願摘下自己的翅膀，送給她的子女。
我相信這個世界就是靠著母親像翅膀下的風一樣的愛，使人向上提升、向前追尋，飛得高、飛得遠。

借來的幸福

結婚二十五周年。

真正的驚喜，來自從洛杉磯開著新買的跑車回家來的大女兒女婿。

「哇，綠色的跑車，不錯嘛。」

在我眼中，所有的車好壞差別不大，唯有顏色我最有感覺。

長得比我高出半個頭的小女兒，從背後趴在我肩上說：「媽，你知道嗎？人家說啊，這種車叫丈母娘車，因為車小只坐得下兩個人，可以防止丈母娘跟來。」

我忍不住大笑起來：

「誰要跟著他們呀！等他們將來生了孩子，我也趕快去換一部這種車子，免得他們跟著我。」

女婿在一旁對老丈人說：

「我們想請你們去海邊吃頓飯。讓你們開著這新車去，我們開你們的舊車在後頭跟著，算是給你們慶祝的禮物。」

到了夜闌人靜時分，坐在他們車裡的感覺忽然放大起來：車頂敞開，音響在搖滾與「數來寶」的黑人饒舌樂之間，陽光和風在我們臉上畫滿打皺的笑容，朝著藍天與碧海接壤的方向飛奔而去……

借來的跑車、借來的青春，這一天像是從哪裡借來的……

我還忽然記起來：

「啊，日子過得真快。你猜怎麼樣？我一算，這輩子跟你在一起的時間，比跟我爸媽在一起還要多出三年呢！」

沒有回答。我又加了兩句評語：「好可怕，好可怕。」

輕輕的，卻聽到他說：

「謝謝你，跟我在一起，這麼久。」

我的眼淚湧了上來。

每個人活了一輩子，最終想說的，不就只有這樣的三句話嗎？

謝謝你、對不起，以及……再見了。

翻個身，淚珠紛紛滾入枕畔。管他有沒有上帝，此刻我的心只想說：謝謝祢借給我——這一輩子。

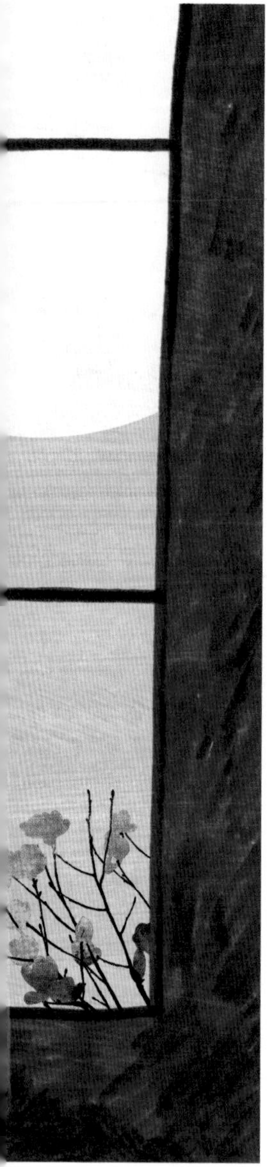

珍惜

薛慧瑩

冬天我很少騎車出門，尤其我們家這裡又特別溼冷。

今早實在非得到市場一趟，所以在薄霧的溼寒中騎車上路。往市場的路上，陣陣帶溼氣的泥土香隨微寒的涼風吹進我鼻子裡。馬路轉個彎，開著飽滿橘黃的炮仗花掛滿人家的圍籬，偶有一兩棵路旁山櫻燦爛洋紅的綻放，還有不知名白的、紫的花樹也盛開著。快進入初春的冬裡，植物們盛情迎接著大地的邀約，大把大把地愉快開展，看了心情柔軟欣喜。

市場裡人聲鼎沸、生氣蓬勃。白花菜綠花菜高麗菜擺滿小農鋪在地面的塑膠布上，沾帶水珠的各種菜葉看起來也都新鮮可口。我流連在園藝行的花草植栽前，忍不住買了白陸蓮和銀柳。

今天早上就被這些日常事物碰觸出許多好心情。真好的一天！

投入這本書的插圖創作，讓我更深切感受到生活中美好的時刻要多珍惜。像初次和麗清姊見面，是開平說帶她來我們家「踏青」。她總是溫柔微笑著，令人感覺親切舒服。

記得那天，我切了蘋果招待她，沒想到後來我們合作的書就叫《後院有兩棵蘋果樹》。

現在每次上街看到紅豆餅，我都會想起麗清姊。她說那是她很愛的台灣小吃，可惜陰錯陽差沒能買給她吃。我記掛著，下次再請她到家裡「踏青」，要先準備好，請她嘗嘗。

珍惜這一切——美。好。時。光。

國家圖書館出版品預行編目（CIP）資料

後院有兩棵蘋果樹 / 喻麗清 著；薛慧瑩 繪. -- 初版. -- 臺北市：
大塊文化, 2015.07
面； 公分. --（catch；217）
ISBN 978-986-213-615-7（平裝）

855　　104010569

catch 217

後院有兩棵蘋果樹

Apple Trees in My Backyard

作者：喻麗清
繪者：薛慧瑩
責任編輯：王開平
美術設計：薛慧瑩
法律顧問：全理法律事務所董安丹律師
出版者：大塊文化出版股份有限公司
台北市105南京東路四段25號11樓
www.locuspublishing.com
讀者服務專線：0800-006689
TEL：(02) 87123898　FAX：(02) 87123897
郵撥帳號：18955675
戶名：大塊文化出版股份有限公司

總經銷：大和書報圖書股份有限公司
地址：新北市新莊區五工五路2號
TEL：(02) 89902588（代表號）　FAX：(02) 22901658

初版一刷：2015年7月
定價：新台幣300元

ISBN 978-986-213-615-7
Printed in Taiwan

LOCUS

LOCUS

LOCUS

LOCUS